DIÁRIO ABSURDO
PROBLEMAS ESCOLARES

LUCA PANCHERI GUERRA

DIÁRIO ABSURDO

PROBLEMAS ESCOLARES

→ É o registro que garante os direitos autorais de quem escreveu o livro.

→ Ele é a pessoa que escreveu o livro.

Copyright © 2022 de Luca Pancheri Guerra
Todos os direitos desta edição reservados à editora Labrador. → É a editora que publicou o livro.

Coordenação editorial
Pamela Oliveira

Assistência editorial → São as pessoas que ajudam o autor a transformar uma história em um livro.
Leticia Oliveira

Ilustração de capa e miolo → É a pessoa que criou todos os desenhos do livro.
Luca Pancheri Guerra

Projeto gráfico, diagramação e capa → É a pessoa que monta o livro no computador.
Amanda Chagas

Preparação de texto
Daniela Georgeto

Revisão → São as pessoas que corrigem o texto.
Carla Sacrato

Dados Internacionais de Catalogação na Publicação (CIP)
Angélica Ilacqua – CRB-8/7057

Guerra, Luca Pancheri
  Diário absurdo : problemas escolares / Luca Pancheri Guerra. -- São Paulo : Labrador, 2022.
  112 p. : il.

É o número de registro do livro, como se fosse o seu documento. → ISBN 978-65-5625-268-1

1. Literatura infantojuvenil I. Título

22-4949   CDD 028.5

Índice para catálogo sistemático:
1. Literatura infantojuvenil brasileira

EDITORA
Labrador

Editora Labrador
Diretor editorial: Daniel Pinsky
Rua Dr. José Elias, 520
Alto da Lapa — 05083-030
São Paulo/SP
Telefone: +55 (11) 3641-7446
contato@editoralabrador.com.br
www.editoralabrador.com.br

A reprodução de qualquer parte desta obra é ilegal e configura uma apropriação indevida dos direitos intelectuais e patrimoniais do autor. A editora não é responsável pelo conteúdo deste livro.
Esta é uma obra de ficção. Qualquer semelhança com nomes, pessoas, fatos ou situações da vida real será mera coincidência.

Para Mariana Pancheri Guerra

Olá! Meu nome é Allan Cris e eu tenho 10 anos. O meu melhor amigo se chama Ron Joy. Ele tem a mesma idade que eu.

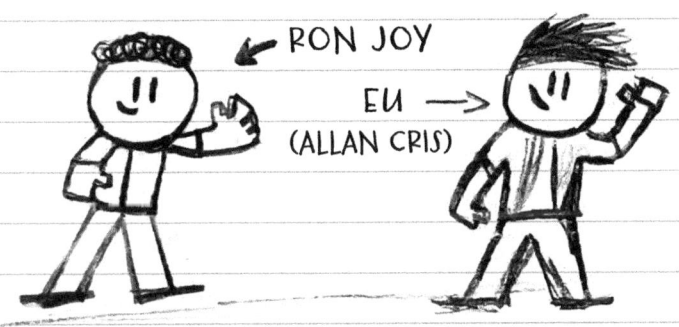

Nós somos como irmãos. Estamos sempre juntos. Eu me lembro de um dia, no ano passado, que ele até arrumou e levou minha mochila para a escola.

SEGUNDA-FEIRA

Volta às aulas. Passei de ano e, quando entrei na escola, encontrei com o Ron. Ele estava indo para a sala do oitavo ano. Eu o segui e perguntei por que não estávamos indo para a sala da nossa série, ou seja, o quinto ano.

Ron disse que tinham mandado nós dois para a sala do oitavo ano. Eu fui, mas, quando cheguei lá, tinha uns vinte brutamontes, e eu e o Ron no meio da sala. A professora olhou diretamente para nós, com cara de brava, como se estivesse nos dando uma bela bronca.

No final da aula, a professora foi até a lousa e disse que o tema da lição de casa era "buraco negro". Quando ouvi ela explicando, logo pensei: acho que vou reprovar até na lição de casa.

Cheguei em casa ainda pensando no tema da lição e me lembrei de quando fui para a fazenda do meu tio. Naquele dia, vi um buraco sem fim, um verdadeiro buraco negro. Lembro que joguei uma pedra naquele buraco no chão e ele não tinha fundo.

Então, coloquei como resposta da lição de casa que buraco negro é um buraco muito, muito, muito grande na terra. Até que foi fácil!

TERÇA-FEIRA

Apesar de ter sido fácil, não estou muito confiante com a minha resposta. Mostrei para o Ron e ele também ficou na dúvida. Mas, como a lição era em dupla, ele colocou a mesma resposta que eu.

Agora era a hora da verdade: a professora ia corrigir a lição de casa. Ela olhou a nossa resposta e colocou a mão na testa, dizendo que a nossa resposta estava errada.

Então entregou a lição corrigida: nota "F".
Ou seja, eu e o Ron tiramos zero na lição de casa.
Os brutamontes começaram a rir muito alto.
Depois de passar aquela vergonha, teríamos aula de educação física. O que poderia dar errado?

Arregalei os olhos quando o professor de educação física, o Sr. Crim, falou que teríamos aula de BOXE! Como assim BOXE? Eu e o Ron éramos pequenos perto daqueles brutamontes de um metro e oitenta. Naquela hora, eu vi tudo o que iria acontecer! Estávamos prestes a tomar uma surra!

Depois de um F na lição de casa, o professor escolheu a pessoa "ideal" para lutar comigo. Para a minha "sorte", eu ia lutar com o maior brutamonte da escola: Jeef Birds. Coloquei as luvas, mas elas eram grandes demais para mim.

MINHA MÃO   LUVA DE BOXE

Achei melhor lutar sem luvas! Quando entrei no ringue, não deu dois segundos para o Jeef Birds acertar o meu nariz. Eu apaguei na hora. Agora sabia o que era um nocaute.

Acordei na enfermaria com a cara toda roxa e a enfermeira me olhando. Perguntei onde estava o Jeef e ela disse que ele estava na sala da direção.

Chegou a hora do recreio e fui para a quadra. Jeef Birds estava de mau humor, afinal, tinha acabado de sair da sala da diretora. Quando ele me viu, veio correndo na minha direção, me deu uma baita rasteira e, claro, eu caí no chão.

Acordei de novo na enfermaria com Ron, a enfermeira e a minha mãe me olhando de cima. Logo depois, mamãe me levou para casa. Jeef voltou para a sala da diretora e, desta vez, levou uma advertência por ter feito aquilo comigo.

A mamãe também estava muito brava por terem me batido duas vezes em um único dia.

QUARTA-FEIRA

Mamãe disse que hoje, para me proteger, eu só poderia ir para a escola de capacete. Mas eu disse que não tinha nenhum capacete. O que eu não sabia era que mamãe guardava um na garagem.
Era um capacete bem polêmico! Nele estava escrito: "Polua o meio ambiente".

Eu me recusei a ir para a escola com aquele capacete, mas minha mãe falou que, se eu não usasse, também se recusaria a convidar o Ron para ir em casa.

Então, lá fui eu para a escola com o tal capacete. Eu até que fico bem de capacete, mas queria um sem aquela frase ecologicamente incorreta!

Entrei na escola e já me mandaram direto para a diretoria. Desta vez fui eu quem recebeu uma advertência. E deram uma advertência para o Ron também porque ele estava comigo.

Fiquei triste pelo Ron, afinal, ele não fez nada e podia ter ficado longe de mim. A única coisa que ele fez foi me dar um abraço quando eu estava usando o capacete.

Saí da diretoria sem o capacete e, não sei como, minha mãe descobriu. De repente, me chamaram na sala da direção outra vez. Lá fui eu, depois de uma advertência, receber uma bronca da minha mãe, mas pelo motivo contrário: ficar sem o capacete.

Eu precisava resolver aquela situação. Então tive uma ideia! Fui até a sala de artes, peguei um branquinho líquido e passei no capacete. Funcionou mais ou menos; ainda dava para ler.

Fui então até o achados e perdidos procurar outro capacete. Só encontrei um bem feminino. Não pensei duas vezes e peguei ele mesmo.

Saí da sala de achados e perdidos e joguei fora o capacete que mamãe tinha me dado. Achei que tinha resolvido o problema. Mas, com o novo capacete, a minha situação piorou um pouco mais.

Quando me viram com aquele capacete de gatinho, riram até não poder mais. Parecia que iam morrer de tanto rir de mim. Até Ron deu uma pequena gargalhada.

Por uns dez minutos, todos riram sem parar. Eu me mantive firme! Não tirei o capacete e, aos poucos, começaram a se acostumar.

Olha, achei que seria um dia inteiro só de risadas... Ainda bem que não foi!

Mas algo me intrigava... Então eu fui até a diretoria com o Ron para perguntar por que estávamos três anos adiantados. A diretora, Sra. Jhork, não acreditou quando eu disse que deveria estar no quinto ano. Ela realmente achava que nós éramos do oitavo ano.

Depois da aula, voltei para casa bem decepcionado por ter pagado aquele mico e ainda ter tomado uma advertência.

QUINTA-FEIRA

Hoje, consegui ir para a escola sem capacete. Ufa! Era um belo benefício para a minha reputação! Mas sei que Jeef ainda quer se vingar de mim por ter tomado uma advertência. E, para a sorte dele, hoje tinha aula de educação física com o Sr. Crim.

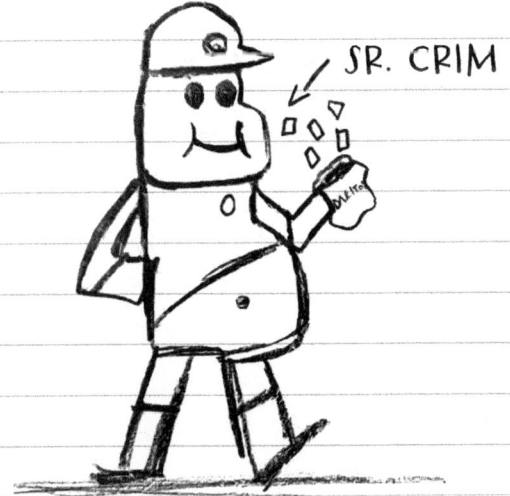

Eu gosto muito do Sr. Crim, mas me pergunto como ele virou professor de educação física. Ele é gordo e preguiçoso, e sempre está com um pacote de "DARITOS" na mão. Daritos é um salgadinho famoso e muito bom!

Eu acho que o Sr. Crim, na verdade, foi contratado porque ele era a última opção para a escola! Não é possível! Ele fica no celular durante a aula toda!

A aula de educação física foi, de novo, de boxe, e Jeef Birds provavelmente quer me dar um murro em um lugar que eu não quero nem falar...

Jeef tinha o direito de escolher alguém para lutar e ele me escolheu, é claro!

É nessas horas que eu realmente queria aquele capacete! Enquanto o Jeef se aproximava, eu me lembrava do capacete que tinha deixado em cima da cama...

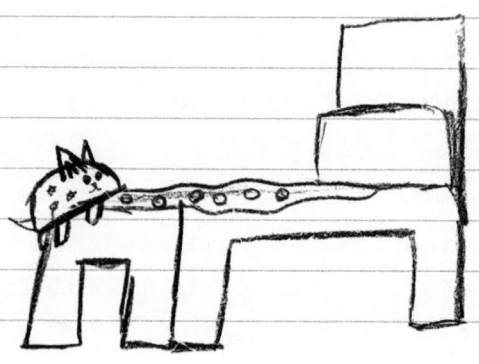

Minha mãe estava certa! Eu devo ir para a escola de capacete mesmo! Mas, agora, não posso implorar para que o capacete venha correndo até mim.

Tomei um soco no nariz mais uma vez — muito melhor do que no lugar que odeio falar. O meu nariz sangrou e eu apaguei! Já estava me acostumando com nocautes e precisava reagir. Foi quando tive uma ideia para o recreio! Ia armar uma armadilha para o Jeef Birds!

Mas, se eu fizesse o que estava pensando, iria tomar uma advertência... Então, pensando bem... melhor não fazer nada a respeito.

SEXTA-FEIRA

SEXTOU! UFA! Esta semana está sendo uma droga: apanhei, levei uma advertência e paguei muito mico! Hoje, não sei o que me espera...

    Cheguei à escola e estou tentando não fazer besteira. Logo na entrada, senti um cheiro estranho... Era cheiro de cocô. Parecia que tinham aberto o esgoto da escola. Fui andando e olhando para os lados para ver de onde vinha aquele cheiro ruim. De repente, caí em um buraco.

Ohhh, droga! Caí no esgoto. Os encanadores estavam tentando desentupir o banheiro masculino e deixaram a tampa do esgoto aberta no meio do pátio.
Subi a escadinha do esgoto para sair do buraco e todos estavam rindo de mim, de novo.

Todo fedido, fui até a sala de achados e perdidos para procurar uma roupa e me trocar. A minha única opção era uma camiseta de florzinha rosa e um short de um menino que deveria ser da primeira série.
Fiquei simplesmente horrível!

Eu não tinha o que fazer. Tive que ficar com aquela roupa até o final da aula. E eu tenho que admitir que estava ridículo daquele jeito!

Passei o dia inteiro sendo zoado! Mais uma vez! Virei o centro das atenções.

Enfim, o dia acabou e eu voltei para casa. Quando cheguei, ainda tive de aguentar o meu irmão caçula, Tail, me zoando. O short servia para ele, que ainda nem vai para a escola.

SÁBADO

Ufa, sábado! Dia de trégua! E para melhorar, o meu tio virá em casa hoje.

Ele é cheio da grana e me "mimou" a vida inteira.

O nome do meu tio é David Cris. Ele mora no campo e é bem legal!

← TIO DAVID

Meu pai é irmão do tio David e morre de ciúmes dele porque ele é cheio da grana!

Ele chegou e bateu na porta com o dedo mindinho. Quando abriram a porta, o tio David deu um fone de ouvido para mim, outro para a minha mãe, outro para o meu pai e outro para o meu irmão mais novo.

O papai ficou morrendo de inveja do tio David.

Ele ficou com tanta inveja que, só para mostrar que também era responsável e tinha recursos, deixou o tio David ficar em casa até domingo.

MEU IRMÃOZINHO

Eu fiquei só olhando o tio David e o papai. Eles disputavam tudo. Disputavam tanto que fizeram uma lista com várias coisas para competirem.

- MAIS LEGAL
- MAIS GRANA
- MELHOR COZINHEIRO
- MELHOR GAMER
- MELHOR ESTUDANTE
- MELHOR ESPORTISTA
- MELHOR LUTADOR
- MELHORES COISAS
- MAIS RÁPIDO
- MAIS INTELIGENTE
- MAIS CRIATIVO
- MELHOR ESCRITOR

O tio David ganhou 90% dos desafios propostos e o papai ficou de bico calado até o final do dia. O desafio mais engraçado foi o de melhor lutador. O papai só tomou um soco, igual eu na aula de educação física. Foi demais!

DOMINGO

O papai estava tão irritado que quase expulsou o tio David de casa, mas não podia, porque "tinha que mostrar que era responsável e que tinha recursos".

Para piorar a situação, o tio David me deu um celular novo, um iCone 95 G13 Mega Boom 102. Aquele celular que vira um tablet.

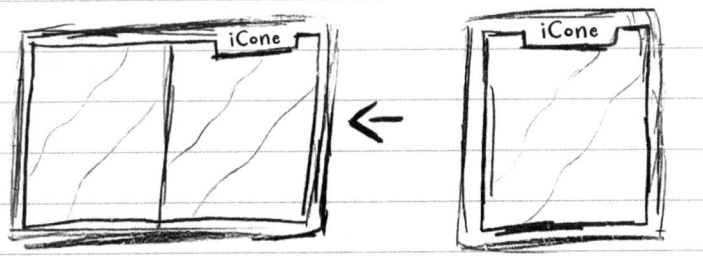

O papai quase chorou vendo aquilo: o iCone 95 G13 Mega Boom 102 é o celular mais caro do planeta Terra! Acho que deve custar uns trinta mil reais. E o celular do tio David era ainda mais caro, um iCone 95 G13 Mega Boom 2 Turbo Giganta. Nossa, esse com certeza custa muito mais caro.

Eu estava tão empolgado que saí andando e pisei no fone do meu irmãozinho. Resultado: quebrei o fone dele e ele ficou com muita raiva.

   O Tail até estava com um olhar bonitinho, mas, quando viu o fone quebrado no chão, ficou com um olhar de demônio, deu um berro e o papai veio correndo. Ele me deixou de castigo o resto do dia. Enquanto isso, Tail colocava armadilhas no meu quarto.
   Quando saí do castigo, entrei no meu quarto e tropecei. Caí no chão e uma pedra não muito grande, que o Tail prendeu em cima da porta, caiu nas minhas costas.

Irritado, levantei para sair, mas a porta se trancou sozinha. Tail sabe lutar judô e me deu um belo golpe. Não sei que golpe era esse, mas eu caí de novo no chão.

Estava com as costas e as pernas detonadas, mas nada pior do que ver Tail destruindo meu fone e o meu iCone 95 G13 Mega Boom 102.

Eu quase chorei, mas, como fiquei com os dois por uns dez minutos, não foi tão triste.

Tail colocou o meu capacete e, se pensar bem, até que ficou bonitinho. Mas ele veio correndo e me deu uma cabeçada na barriga... Doeu muito!

Eu bati a cabeça na pedra que estava no chão, aquela da armadilha preparada pelo Tail, e apaguei.

Acordei depois de duas horas e achei que era um sonho, mas, depois de olhar melhor, percebi que não era!

Dei um soco no Tail, destranquei a porta do meu quarto e vi que o tio David já tinha ido embora.

O papai estava rindo porque tinha ganhado dele em um jogo de poker.

SEGUNDA-FEIRA

A semana está começando e sei que Jeef Birds ainda quer se vingar de mim por causa daquela advertência.

Preciso ter cuidado!

Hoje tem aula de artes e vamos usar tinta, o que é bem legal! Mas não quando estou de uniforme novo, afinal, aquele do esgoto teve que ir para o lixo!

Acho que Jeef vai tentar me sujar! Tomara que eu esteja errado!

Na aula de artes, Ron ficou do meu lado direito e Jeef Birds do meu lado esquerdo. Olhei para o Jeef e ele parecia muito bravo comigo. Tenho certeza de que ele vai querer jogar tinta em mim.

De repente, o Jeef fechou a mão e eu achei que ele ia me dar um soco na cabeça. Fechei os olhos, com medo, mas ele deu um soco na tinta. A tinta estourou, sujou o Ron e me sujou inteirinho, inclusive o meu uniforme novo.

Essa confusão tem um lado bom e um lado ruim: o bom é que aí acabou a história de um querer se vingar do outro (eu acho); o ruim é que eu vou levar uma baita bronca da mamãe e do papai. Não sei se a tinta vai sair do uniforme ou se vou precisar de outro.

TERÇA-FEIRA

A tinta não saiu do uniforme e eu achei que ia ganhar outro novinho e maneiro, mas, na verdade, o papai me deu um usado, que era dele quando tinha a minha idade. Ele estudou na mesma escola que eu quando era pequeno e guardou o uniforme.

O uniforme era legal, mas estava velho e meio destruído.

Fui para a escola e hoje tinha prova sobre raiz quadrada. O bom é que essa atividade era para ser feita em casa. Não entendi por que a matéria da prova era matemática. Deveria ser botânica, já que estamos falando de raiz.

Fui até o parque da escola procurar uma raiz quadrada, mas era muito difícil de achar. Todas as que eu encontrava eram mais circulares. Não entendi por que as pessoas estavam no computador fazendo aquela lição...

Somente eu e o Ron estávamos feito doidos cavando e procurando uma raiz quadrada. Depois de passar o recreio todo procurando, finalmente achamos uma raiz quadrada!

← RAIZ QUADRADA

Quando entregamos o trabalho, a professora nos deu novamente um F, ou seja, mais um zero para a nossa coleção deste ano.

A sala toda tirou A, ou seja, 10. Somente eu e o Ron que não. A professora não explicou direito, mas ela disse que raiz quadrada é um cálculo matemático. Eu fiquei espantado com aquilo!

Eu e o Ron tiramos F em todas as provas até agora...

Não acredito! Em toda prova a Sra. Tatol dá zero para nós dois.

Jeef Birds fica no fundo da sala, porque é o mais alto e, quando viu a nossa nota, deu um grito com uma grande gargalhada. Depois, me chamou de burro... Até o Jeef Birds tinha tirado A!

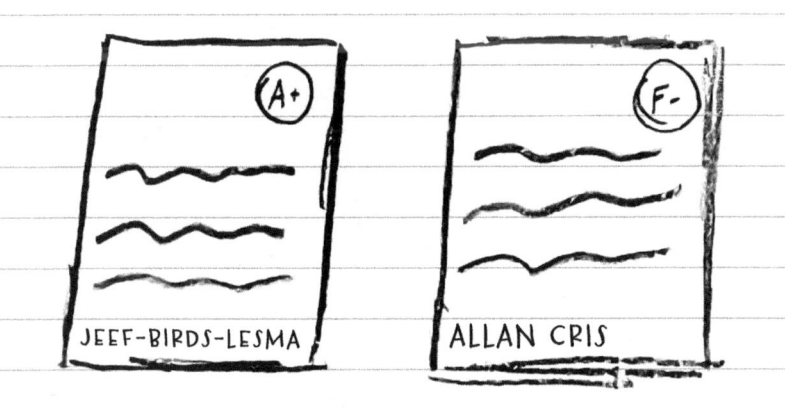

JEEF-BIRDS-LESMA   ALLAN CRIS

Jeef colocou a prova dele na minha cara e eu vi que o nome completo dele era "Jeef Birds Lesma"! Então eu comecei a dar gritos e gargalhadas, dizendo o nome dele completo.

Ele ficou morrendo de vergonha. E logo depois a professora levou eu e o Jeef para a direção. Era a nossa segunda advertência do ano.

Eu já tinha levado uma por usar o capacete escrito "Polua o meio ambiente" e a outra, agora, porque gritei "Jeef Birds Lesma" bem alto para zoar com o Jeef.

Toda terça-feira tinha aula de educação física com o Sr. Crim. Como hoje é terça, o Jeef vai querer me socar até eu virar panqueca.

Mas hoje não! Hoje eu trouxe meu capacete de gatinho. O Jeef pode até me bater, mas não vai ser um ataque efetivo!

Ron sempre me apoia, mas hoje ele não está do meu lado. Está bravo comigo por causa da prova de matemática. Ele achava que raiz quadrada era mesmo um cálculo, mas eu discordei dele e insisti que era uma raiz de planta. Nós dois erramos por minha causa!

Agora, era a hora da verdade: a aula de educação física do Sr. Crim.

Neste trimestre as aulas são sempre de boxe.

Entrei no ringue e o Jeef colocou um soco inglês em cada mão.

Jeef foi tentar me dar um soco, mas eu me abaixei. Ele socou o nada! Saí correndo e ele veio atrás de mim.

SAI DA FRENTE QUE ATRÁS VEM GENTE!

Corremos pela escola até que cruzamos com a diretora, a Sra. Jhork, que estava passando pelo corredor. Eu virei para o lado direito e passei suave. Mas o Jeef deu um soco sem querer na Sra. Jhork.

E lá foi ele de novo para a diretoria.

A Sra. Jhork deu mais uma advertência para o Jeef, mas desta vez para mim não.

Vou voltar para casa com muito medo!

Eu sempre acho que o Jeef está atrás de mim...

QUARTA-FEIRA

Hoje, Jeef Birds não vai para a escola. Ele já tomou três advertências e, quando alguém toma três advertências, leva uma suspensão.

Na minha escola, a suspensão é de uma semana! Uhuuu! Uma semana sem Jeef Birds! Vai ser a melhor semana de todas!

Hoje as minhas esperanças estão lá em cima! Mas tenho outra prova! Desta vez, a prova é de ciências e o tema é coração!

Eu sei que nessa vou me dar bem, porque a prova é para explicar o que é o coração!

Ora, coração é um emoji do iCone! E é claro que agora eu estou certo!

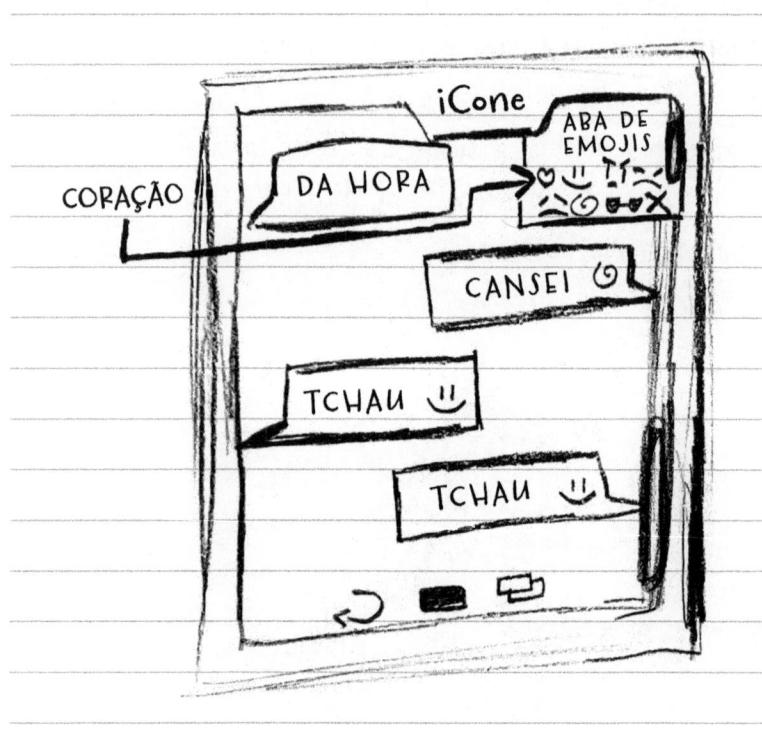

Quando fui entregar a prova para a Sra. Tatol, ela disse que, se eu tirasse F novamente, tomaria outra advertência.

E, se eu tomar mais uma advertência, vou ser suspenso, igual ao Jeef Birds!

A Sra. Tatol corrigiu a minha prova e disse que a resposta estava errada! Levei mais uma advertência, fui suspenso e tive de ir para casa.

QUINTA-FEIRA

Tail, apesar de muito esperto, ainda é pequeno para ir à escola. Então, ele fica em casa o dia todo e, quando eu não vou para a escola, tenho de cuidar dele.

O problema é que Jeef Birds também é muito esperto, e aproveitou o horário que eu estava na escola para espionar a minha casa.

Ele conheceu o Tail e os dois fizeram um trato para me destruir.

Eu queria e teria contado desse trato para o papai e a mamãe, mas não contei. E por dois motivos: primeiro, porque eles não iriam acreditar em mim; e, segundo, porque eles estão sempre em reunião.

PAI, EU ME RALEI!

TÁ

Tail fez esse acordo com o Jeef para me atacar aqui em casa mesmo! Vou tomar cuidado e me preparar para a guerra da semana.

Vesti minhas roupas, fiz armadilhas, peguei as nerfs e virei a mesa do meu quarto para me proteger.

Sofri o primeiro ataque no meu quarto. O Tail deu um chute na porta, ela se abriu e Jeef entrou pela janela com duas nerfs. Ele descarregou a primeira nerf em mim.

Eu caí, fingindo que estava derrotado, achando que os dois iriam embora. Mas Tail ficou ali, me chutando no chão. E o Jeef atirou em mim com a nerf até acabarem todos os dardos.

Depois de uns dez minutos, os dois finalmente foram embora do meu quarto.

SEXTA-FEIRA

Chamei reforços: o Ron, o meu amigo Sint Told e o meu "não muito amigo" Nevico Aliâ.

Os três ajudaram a proteger meu quarto. O Nevico colocou o seu cachorro, Billy, para fazer cocô em volta da minha cama. E o Sint trouxe umas trinta nerfs carregadas!

Quando o Tail tentou atacar, logo pisou em um cocô bem mole e ficou com cara de horror. Já o Jeef estava com as suas duas nerfs, mas o Sint deu um tiro no peito dele.

O Tail e o Jeef saíram correndo. Porém, tinha um problema: como nós íamos sair do campo minado de cocôs?

Nevico era habilidoso e conseguiu pular todos os cocôs. Ele pegou a coleira do Billy e foi embora. Já o Ron e o Sint tiveram que ficar a noite toda na minha casa.

SÁBADO

Nevico voltou com uns saquinhos e uma pá de lixo para coletar os cocôs que o Billy tinha feito no chão inteiro do meu lindíssimo quarto.

BILLY
↓

A armadilha feita com os cocôs do Billy realmente foi muito eficiente. Tão eficiente que não consegui dormir a noite toda por causa daquele maldito cheiro no meu quarto.

Eu fiquei muito irritado e disse que a culpa era do Billy. E o Nevico ficou bravo comigo. Disse que a culpa não era do Billy! Ridículo!!! Se não era do Billy, a culpa era de quem? Ah, que droga!

E, para piorar o dia, o Jeef e o Tail voltaram com uns cinco caras gigantes!

Tomamos uma surra cruel. O Nevico até deslocou o braço! Eu fiquei destruído até o osso! O Ron fugiu pela janela no meio da briga e o Sint tentou usar suas nerfs.

E só depois da briga eu reconheci aqueles caras! Eles são do nono ano, um ano acima da série do Jeef Birds...

Segunda-feira vou para a escola e isso até que vai ser bom para mim. Prefiro ir para a escola do que levar uma suspensão junto com Jeef. E estou muito bravo com Ron! Por que ele fugiu da guerra?

No sábado, meus pais saem do trabalho às 10 horas da manhã. O ataque dos caras do nono ano aconteceu às 8h. Agora, já são quase 10 horas. Então eles vão sair do trabalho e não vão deixar o Tail e o Jeef atacarem meu quarto novamente...

Fiquei o dia inteiro atrás do papai para não levar um tiro de nerf do Tail!

DOMINGO

Tail implorou para a mamãe nos levar ao CHICET, um restaurante onde os adultos entram e as crianças ficam no parque. E essa era a oportunidade perfeita para ele e o Jeef me atacarem novamente.

   O bom é que chamei Ron e Sint para me ajudarem. Só não chamei o Nevico porque ele estava no hospital com o braço deslocado.

> FOI SÓ UM LEVE ARRANHÃO!

   Tail chamou Jeef para começar a briga; quando Ron viu Jeef, deu no pé! Ficamos somente eu e o Sint para brigar contra Jeef e Tail.

   Sint usou suas nerfs contra o Jeef e o Tail. Jeef usou uma mega, ultra, turbo, boom, destruidora, gigantesca nerf...

E aí? Nós perdemos de lavada do Jeef e do Tail!

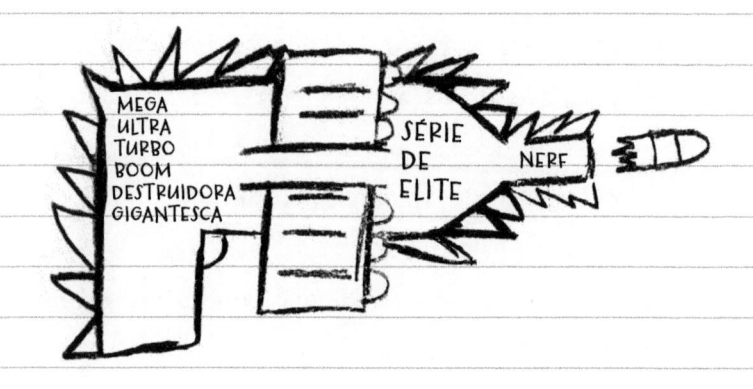

Quando fomos embora, eu estava com um roxo no rosto. Falei que tinha sido o Tail, mas o papai e a mamãe disseram que ele jamais faria isso com o seu "querido irmãozão"! Tail, logo depois de ouvir isso, fez cara de bravo para mim e, mais uma vez, eu fiquei irritado com ele.

Dormi com sede de vingança!

SEGUNDA-FEIRA

Finalmente acabou a minha horrível suspensão.
Na escola, a partir de hoje, vamos usar o laboratório de ciências.

Essa foi a primeira vez que eu fui ao laboratório. E é bem legalzinho! Tem uma bancada com algumas cobras dentro de potes de vidro. Tem também um vidro com sapos e um esqueleto do corpo humano...

A Sra. Tatol falou que nós iríamos aprender sobre cobras sem veneno e, por isso, tinha um vidro cheio delas aberto em cima da bancada.

As cobras estavam dormindo e pareciam de borracha. Então, só para conferir, coloquei a mão lá

dentro, cutuquei uma cobra e... claro, ela cravou os seus dois dentes na minha mão. Doeu pra caramba!!
Saí correndo como um louco!

Quando estava correndo, não vi o vidro com os sapos na frente das meninas. Elas estavam morrendo de nojo. Sem querer, tropecei exatamente nesse vidro e os sapos saíram pulando nas meninas que estavam sentadas. Elas saíram correndo também, com os sapos pendurados em suas roupas.

A Sra. Tatol me levou para a direção e ganhei a minha quarta advertência!

Logo em seguida era aula de artes e o Ron queria ficar comigo na mesa, mas eu não quis. Eu estava bravo por ele ter fugido nas duas últimas guerras (a guerra de sábado e a de domingo).

Eu recusei o convite de Ron e fiquei com Nevico do meu lado direito e Sint do meu lado esquerdo.

SAI, RON!

TÁ!

O problema é que Nevico estava com uma gripe muito forte e acabou passando para mim no meio da aula de artes.

Voltei para casa bem mal, espirrando sem parar.
É que o meu sistema imunológico é muito fraco...
Qualquer coisa eu já fico doente!

GLÓBULO BRANCO
ANTICORPO
GRIPE

TERÇA-FEIRA

Fui para a escola gripado mesmo e resolvi fazer as pazes com o Ron. Ficar brigado não leva a nada e, afinal, ele é o meu melhor amigo. Pedi para fazer as pazes, mas agora quem não quer é ele...

Hoje tinha uma prova de português e o tema era "til". Logo me lembrei do meu tio! Ele é muito rico!

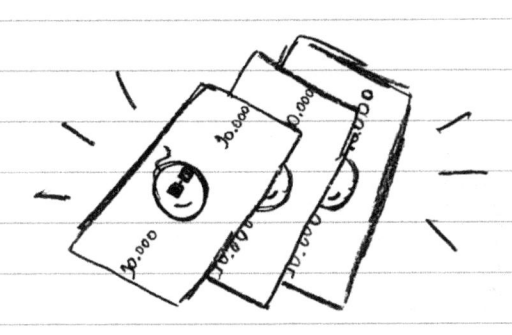

Pensei melhor e escrevi detalhes sobre o tio David. Com tudo que ele tem, acreditei que iria muito bem nessa prova! Coloquei que ele tem uma Ferrari, uma mansão em quase todos os países. Entre os continentes, ele só não tem uma casa na Antártida. O tio David tem três helicópteros e, pelo que me lembro, ele governa um lugar que se chama Ilha de Páscoa...

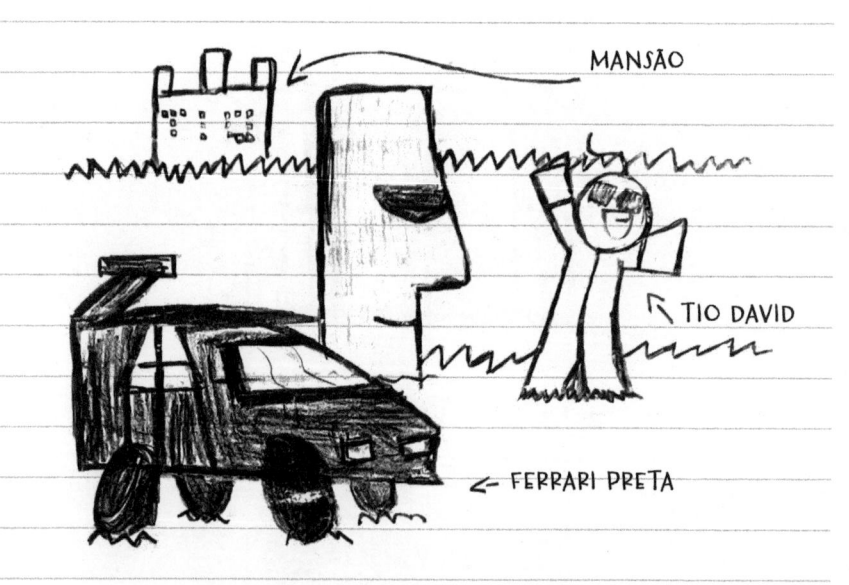

MANSÃO

TIO DAVID

← FERRARI PRETA

A Sra. Tatol me olhava com uma cara de quem não acreditava em nada, literalmente nada, do que estava lendo. Mais uma vez, ela me deu um F, ou seja, mais um ZERO! O Ron tirou A, ou seja, DEZ!

Só agora percebi que eu atrasei o Ron nas atividades. Mas eu vou insistir para que ele volte a ser o meu melhor amigo.

Chamei ele de novo, e agora ele aceitou! Ainda somos AMIGOS! UHUUUUU!

Voltei para casa muito doente e descobri quem me deixou doente de verdade: foi o Tail. Ontem de manhã, ele me deu uma garrafa com água. Ele estava com um olhar mau. Então eu bebi a água e fiquei doente!

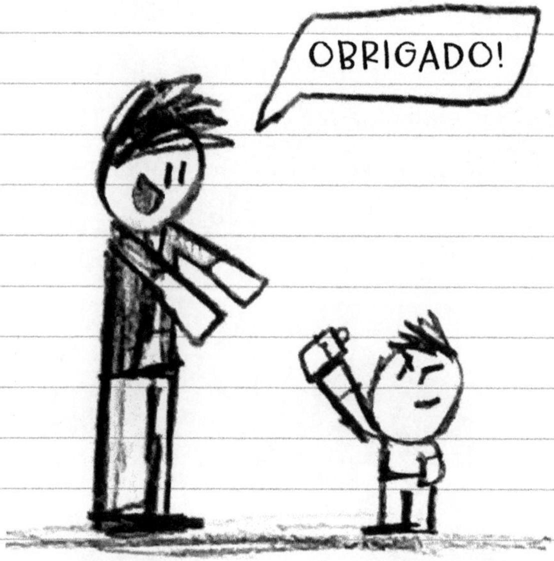
OBRIGADO!

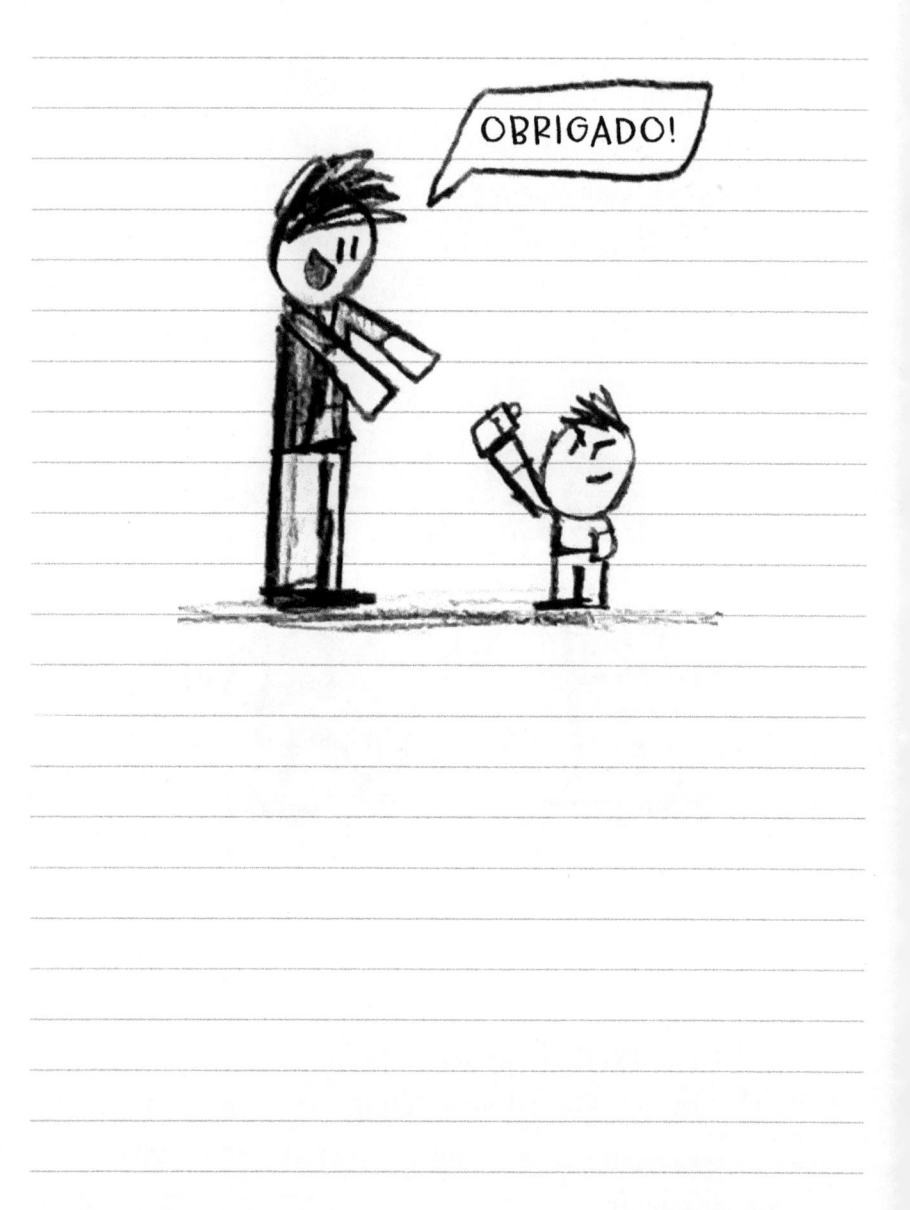

QUARTA-FEIRA

Fui para a escola bem doente! Estava febril, com tosse e espirrando muito!

COoF!

ATCHIU!

Quando cheguei, vi Jeef Birds olhando diretamente para mim! Eu fiquei pálido, sem palavras. Jeef veio correndo na minha direção!

Ele falou para eu dar um "piau" em uma menina. E que, se eu não desse um piau naquela menina, eu que iria tomar um piau dele.
Então eu fui atrás da menina (o nome dela era Mest Snols), mas não sabia que ela lutava boxe.

piau é um tapa na parte de trás da cabeça de alguém

MEST-SNOLS

Eu dei um piau na Mest e ela me deu um belo socão na cara!

AE!

Fiquei MUITO bravo com o Jeef. E, para me vingar, fiz um cartaz enorme falando coisas sobre ele.

Escrevi, para todo mundo ver, que o nome completo dele era "Jeef Birds Lesma". E que ele era um valentão e um brutamonte. Também escrevi que Jeef adorava me bater e que ele armou muitas armadilhas para mim!

> # JEEF BIRDS LESMA
> - JEEF É UM BRUTAMONTE E VALENTÃO!
> - JEEF GOSTA DE CRIAR ARMADILHAS PARA O ALLAN!
> - JEEF GOSTA DE BATER NO ALLAN!

Coloquei o cartaz na frente da sala da diretora, a Sra. Jhork. Depois de ler tudo aquilo, a Sra. Jhork deu mais uma advertência para Jeef!

O Jeef mereceu, mas, como em todas as outras vezes, eu sabia que ele ia se vingar.

QUINTA-FEIRA

Eu tinha certeza de que hoje ia tomar um belo soco no nariz do Jeef. Mas minha mãe me disse que não dava para ir à escola! Choveu muito, alagou todo o bairro e a escola cancelou as aulas.

Achei que ficaria livre do Jeef, mas, quando olhei pela janela da minha casa, lá estava ele. Jeef me desafiou para uma guerra na lama.

BOLA DE LAMA

VEM BRIGAR, ALLAN!

Chamei Sint, Ron e Nevico para a briga. Desta vez, Tail não se aliou ao Jeef. Ele já tinha se vingado e estava de bem comigo!

Só que Jeef não estava de bem comigo, e eu aceitei a guerra! Nós quatro fomos para fora de casa e vimos o Jeef com várias bolas de lama.

Os meus três amigos usavam roupa própria para chuva, menos eu. Eu tinha esquecido em casa e não podia voltar. Se eu voltasse, Jeef acabaria com Ron, Sint e Nevico. Eu estava doente e morrendo de frio.

   O Ron e o Sint fizeram uma barreira protetora com barro para que as bolas de lama jogadas pelo Jeef não nos atingissem. Enquanto isso, eu e o Nevico fizemos um montão de bolinhas de lama para atacar o Jeef.

   Jeef foi legal, porque esperou que nos preparássemos, apesar de ele estar com tudo pronto para a guerra. Mas Jeef tinha um truque na manga. Ele estava usando uma galocha gigante.
Quando chegávamos perto, ele corria para uma poça de lama, pulava com força e espirrava muita lama

na nossa cara. Parecia que estávamos em um campo de batalha de verdade.

A guerra finalmente começou e Tail ficou na janela só de camarote!

No início, ficamos jogando as bolas de lama uns nos outros, mas, depois, Jeef veio correndo com a sua supergalocha e pulou em uma poça gigante. Ficamos com lama até dentro do nariz.

O Ron ficou tão bravo, que jogou uma bola de lama no olho do Jeef. Nós saímos correndo enquanto dava! Fomos todos para a casa do Sint, porque o Jeef sabia onde era a minha casa e a do Ron. Nevico não queria que fôssemos para a casa dele. Então, não tivemos outra opção.

Quando Jeef tirou a bola de lama do olho, nós já tínhamos sumido. Ele ficou muito bravo, deu um soco na poça de lama e saiu do meu quintal irritado.

Na casa do Sint estava tudo bem. Eu joguei videogame o dia todo. E o Jeef também fez uma coisa só o dia todo: ficou me procurando por todos os lados.

O Jeef bateu na porta da casa de todo mundo da rua, até chegar na porta da casa do Sint. A mãe do Sint abriu a porta e pensou que Jeef era nosso amigo.

Ela deixou ele entrar. O Jeef queria se vingar principalmente de mim e guardou no bolso uma laranja estragada, toda coberta de lama. Sabe o que ele fez? Jogou aquela bomba podre na minha cara.

Eu caí duro no chão! A laranja podre com cobertura de lama era muito grande, por causa da quantidade de lama que o Jeef colocou. Depois disso, ele deu no pé e eu, que já estava doente, fiquei com um grande roxo no rosto, resultado daquela jogada de mestre do Jeef. Fui para casa muito mal.

SEXTA-FEIRA

Hoje acabou a enchente. Então, vou para a escola e tentarei não arrumar nenhuma confusão. Como ontem ninguém foi para a escola, a aula de educação física com o Sr. Crim foi adiada para hoje. Esta será a última aula de boxe do ano, afinal, foi um esporte que não deu muito certo na escola!

Mas eu não fui para a aula de educação física, porque a Sra. Tatol disse que eu só arrumo confusão. Fiquei sentado na arquibancada a aula toda!

Quando finalmente saí da arquibancada, no final da aula, a Sra. Tatol disse que tinha outra prova. Desta vez, o tema era problemas matemáticos!

Subi para a sala de aula e a Sra. Tatol deu a prova para todos nós! A primeira questão era assim: "Maria comprou 400 balas e comeu 320. Com quantas balas ela ficou?".

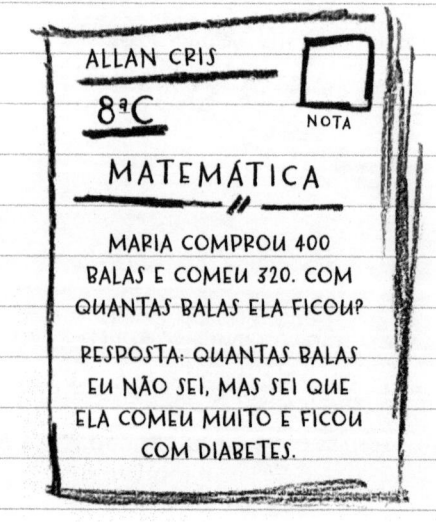

ALLAN CRIS

8ªC

NOTA

MATEMÁTICA

MARIA COMPROU 400 BALAS E COMEU 320. COM QUANTAS BALAS ELA FICOU?

RESPOSTA: QUANTAS BALAS EU NÃO SEI, MAS SEI QUE ELA COMEU MUITO E FICOU COM DIABETES.

Eu respondi que não sabia, mas que a Maria comeu muito e ficou com diabetes. Eu tinha certeza de que estava certo, porque li no livro do meu avô! Só não sabia que era um livro de piadas.

A Sra. Tatol novamente me deu um F. Era mais um zero no meu boletim. E para o Jeef ela também deu F, porque ele colou de mim e acabou errando todas as questões.

Eu fui de novo para a sala da Sra. Jhork, a diretora, para falar que eu e o Ron éramos do quinto ano e não do oitavo ano. Mas ela deu uma risadinha e disse que nunca erraria a sala de alguém da escola dela. Eu tive de sair da sala da Sra. Jhork e voltar para casa.

SÁBADO

Hoje vou para o Zoo-Land, um zoológico muito famoso. Falam que tem muitos bichos por lá e o mais legal é a raposa de cauda vermelha!

Fomos ao zoológico e eu, para falar a verdade, só queria ver a raposa de cauda vermelha. Chegando lá, fiquei interessado em um ursinho que parecia o do Tail. Eu fiquei pendurado na grade. E quem apareceu? O Jeef. Eu não sei o que ele fazia no Zoo-Land. E sabe o que ele fez? Me empurrou na jaula do ursinho.

Eu não resisti e puxei o braço do Jeef. Então, nós dois caímos juntos! Dei um abraço no ursinho, que parecia de pelúcia. Mas aí veio a mãe do ursinho e...

me deu um abraço também... Fui esmagado pelos ursos!

Eu fui para a enfermaria do Zoo-Land e acabei indo embora sem ver a raposa de cauda vermelha.

DOMINGO

Estou muito irritado com o Jeef por ele não ter me deixado ver a raposa de cauda vermelha ontem. Decidi que vou me vingar dele de novo!

Meu plano é o seguinte: vou enviar um convite de uma luta para Mest Snols, dizendo que o Jeef a desafia no quintal dele para uma briga de boxe.

A Mest caiu direitinho no meu plano e foi toda preparada para o quintal do Jeef. Quando Mest viu o Jeef, ela deu um baita "socão" na cara dele.

Jeef caiu no chão duro e fez um grande barulho. Corri para casa antes que Mest ou Jeef me vissem. Ele sabia que eu tinha armado para ele. E isso era um problema...

SEGUNDA-FEIRA

Hoje vamos todos para o laboratório de ciências. A matéria é sobre cobras, mas não as venenosas nem as peçonhentas.

O objetivo da aula é tocar na escama de uma cobra, mas a Sra. Tatol se recusou a me deixar ir ao laboratório. Bom, eu e a sala toda já sabíamos o porquê!

O jeito foi ficar na sala sem fazer nada.

Cheguei a pedir para a Sra. Tatol me deixar ir, mas a situação só piorou. Ela me encheu de lições. O bom de tudo isso é que eu vou ser o aluno mais adiantado nas tarefas!

Fiquei tranquilo na sala, fiz tudo o que a Sra. Tatol pediu, apesar de achar que estava tudo errado!

Eu estava detonado quando acabei todas aquelas lições. Todos voltaram do laboratório muito felizes e animados por terem encostado na escama da cobra.

Eu devia ter me comportado, assim não teria que fazer tanta lição!

TERÇA-FEIRA

Hoje tem aula de educação física e agora o tema é dança! A aula é de dança POP, que somente as meninas sabem dançar!

> QUE SACO!

Quando o Sr. Crim falou o tema da aula, todos riram, mas ele disse que todos iam fazer a dança POP. Os meninos ficaram pálidos! Já as meninas começaram a BERRAR de felicidade!

Fiquei muito mal quando o Sr. Crim disse para eu ir até o meio da quadra e fazer uma bela dança POP! Eu fiquei parado e só bati o pé no chão da quadra!

Falei que era a música BAT-PIS, que quase não tem letra, só ritmo. Por isso se chama assim! "BAT" significa "bater" e "PIS" significa "pés". Ou seja, tudo junto: "bater os pés". O Sr. Crim não gostou muito. Mas eu gostei!

O Ron não fez uma música calma. Ele soltou o K-POP! E um K-POP muito bom! Mas eu morri de rir vendo o Ron dançar K-POP. Ele não sabia as letras e as meninas também deram muitas gargalhadas!

EU SOU..O...SOU UM P...O...OP STAR! UHUU! MAN...DEI NÃO SEI EI EI! K-POP!

Eu achei que o Ron foi melhor que eu. Agora, era a vez de Jeef. Ele me copiou e também fez o BAT-PIS!

O Sr. Crim ficou tão decepcionado, que não deixou mais os meninos fazerem a aula dele, o que foi ótimo para os outros meninos, que não precisaram dançar e ficaram aliviados!

Todos os que não dançaram ficaram zoando a mim, Ron e Jeef por termos pagado aquele mico na aula. E as meninas esfregaram na cara do Ron a letra daquela música de K-POP!

> EU SOU UMA POP STAR! UHUU! MANDO MUITO, SOU MUITO DA HORA E SENSACIONAL! AL AL AL!

O Ron ficou vermelho de vergonha quando ouviu a música certa.

Enfim, as aulas acabaram e eu voltei para casa.

QUARTA-FEIRA

A partir de hoje, vai ter aula de música na escola. A aula de música é com o Sr. Rick.

← SR. RICK

Ele já foi meu professor no terceiro ano. Eu acho o Sr. Rick bem legal, mas ele sempre faz perguntas que deixam a gente com vergonha.

> GIZ
>
> OLÁ, ALLAN! VOCÊ QUER FAZER A PAUTA DAS NOTAS PRA MIM?
>
> É IMPOSSÍVEL DIZER NÃO.

Na verdade, o problema não é a pergunta. O problema é que, quando ele pergunta, todas as pessoas da sala ficam olhando esperando pela resposta. Além disso, é impossível dizer não para o Sr. Rick.

A aula de música era sobre as notas musicais. E eu adoro aulas que falam de coisas que eu já sei! As notas musicais são: DÓ, RÉ, MI, FÁ, SOL, LÁ, SI.

Hoje, a aula estava moleza!

Acabou a aula e a diretora, Sra. Jhork, ia apresentar o J.U.D.E.E., que significa: Jogos Universais de Esportes Escolares.

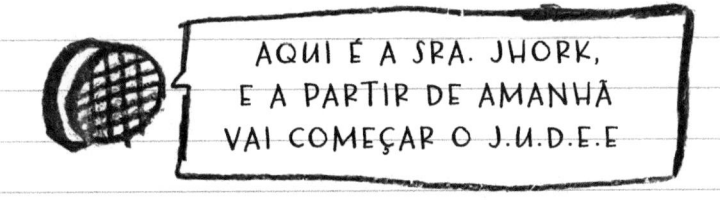

> AQUI É A SRA. JHORK, E A PARTIR DE AMANHÃ VAI COMEÇAR O J.U.D.E.E

Somente os alunos do sexto, do sétimo, do oitavo e do nono ano podem participar do J.U.D.E.E.!
Como, por um acaso, eu fui colocado no oitavo ano, EU VOU JOGAR NO J.U.D.E.E.!!

QUINTA-FEIRA

Cheguei à escola o mais rápido possível para me inscrever no J.U.D.E.E.

Eu queria jogar futebol, mas, quando cheguei, as vagas já estavam esgotadas. Tentei o vôlei, mas as vagas também estavam esgotadas. Fui para a natação, mas tinha uma única vaga, e quem ficou com ela foi o Ron. O Ron ganhou todos os campeonatos de natação nos quais competiu. Mas os campeonatos de que o Ron participou eram com pessoas da idade dele. Agora, ele ia competir com "gente grande".

Lá fui eu tentar uma vaga para o basquete. Nada feito. Não tinha vaga também! Encontrei uma vaga no handebol, mas a vaga era para goleiro. Claro, os goleiros de handebol tomam cada bolada que ninguém nunca quer participar!

Eu não tinha escolha. Era a única chance de eu participar do J.U.D.E.E.

Eu aceitei a vaga e queria pegar o meu capacete em casa, mas o jogo do meu time era hoje!

Eu não gosto de handebol porque, na última vez que joguei, eu quebrei o braço!

Entrei para um time chamado Srom. O nosso primeiro jogo foi contra o Giganta. E o Giganta tem o MALDITO Jeef Birds... Porque o Jeef foi escolher justo handebol?

Eu entrei na quadra e, quando Jeef me viu, já fez um olhar de mau para mim...

Começou o jogo e o Jeef roubou a bola do Srom, o meu time. Então ele pegou a bola com força e jogou bem na minha cara.

Eu defendi, mas fiquei fraco depois daquela defesa! Eu parecia uma geleca.

Logo depois, tomei um gol do Rith Roy, outro menino do nono ano.

← RITH ROY

E o meu time todo me deu uma bronca gigante. Mas eu bem que merecia aquela bronca!

Na verdade, eu não estava nem aí para a bronca. A única coisa que eu ouvi foi que o Chen ia ser o novo goleiro e eu iria para o ataque.

Falaram que o Chen é chinês, mas não me convenci disso não. O nome Chen é chinês, mas chinês mesmo tem o olho puxado, e o Chen não tem.

Fui para o ataque e me arrependi de novo. Ficar no ataque é muito pior que ficar no gol. Eu tomava cada porrada do Jeef e dos outros, que já estava todo dolorido!

O pior não eram as porradas, e sim o juiz, que não dava falta nenhuma!

O jogo acabou e o meu time, o Srom, perdeu de 13 a 0 para o Giganta. Uma vergonha!

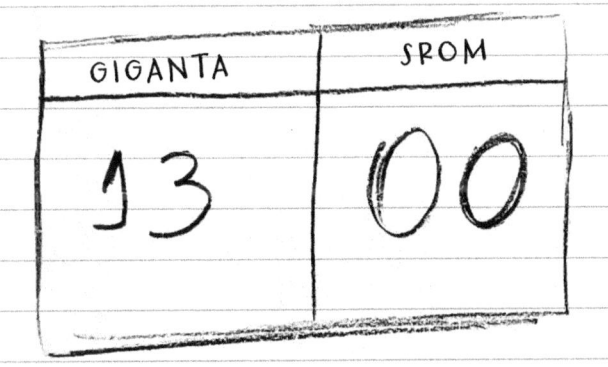

GIGANTA	SROM
13	00

O time quase me expulsou, mas não podiam me tirar da equipe. Ninguém queria me substituir.

SEXTA-FEIRA

Hoje é o último dia antes das férias do meio do ano, então vou me empenhar no jogo.
   A maior parte do J.U.D.E.E. acontece nas férias. Se alguém toma cartão vermelho, vai embora do J.U.D.E.E. E essa é a minha estratégia para hoje! Vou tentar expulsar o Jeef do J.U.D.E.E.

   Como aquele juiz é bem difícil de convencer, e hoje o meu time não joga, vou provocar o Jeef antes do jogo dele. Fui até o vestiário e enchi a paciência do Jeef!

O Jeef foi para o jogo super bravo. Fiquei na porta do vestiário só ouvindo ele bater em alguém do outro time. O Jeef estava tão irritado que bateu até no juiz! Resultado? O juiz gritou que o Jeef estava EXPULSO do J.U.D.E.E.

O Jeef foi expulso! E agora ele viria me atacar, afinal, fui eu quem deixou ele irritado e provocou aquela expulsão.

Corri para a sala da Sra. Jhork, a diretora da escola! Quando entrei, o Ron estava lá, sentado em uma cadeira, na frente da Sra. Jhork. Ela disse que eu era mesmo do quinto ano e que eles tinham errado ao nos colocar em outra turma.

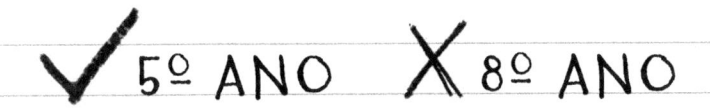

✓ 5º ANO   ✗ 8º ANO

A Sra. Jhork descobriu o erro por conta do meu péssimo desempenho nas provas e nos esportes. Depois das férias, eu volto para o quinto ano! Ufa!

SÁBADO

Já que o quinto ano não pode participar do J.U.D.E.E., hoje é o meu primeiro dia de férias!

A mamãe disse que eu vou viajar para as montanhas e que o Ron vai comigo. Mas ela tinha guardado uma surpresa! O Jeef Birds também vai!

A mamãe disse que, como éramos muito amigos — ou achou que éramos —, convidou ele para a nossa viagem. O Jeef estava triste porque foi expulso dos jogos e a mãe dele achou ótimo ele viajar com a gente.

Agora, a minha viagem de férias começa no carro. Todos juntos: eu, minha família, o Ron e o Jeef!

O que será que nos aguarda...?

TAIL   PAPAI   MAMÃE   EU (ALLAN)   RON   JEEF

Esta obra foi composta em Caroni 16 pt e impressa em papel offset 90 g/m² pela gráfica Meta.